아내
말 듣기

참
잘했다!

이병률

30여 년간 교직에 몸담았다.
퇴직 후 《느티나무는 죽지 않는다》 시집을 발간하였다.

이병률 시집

아내 말 듣기 참 잘했다!

내 모습 또한 자연이지,
자연에 따라 맞춰 살아야지

바른북스

퇴직을 하고 나서 매일 공원을 산책한다. 이른 봄이면 눈 녹아 부드러워진 땅과 새싹이, 따듯한 5월이면 신록과 푸르른 하늘이, 그리고 가을과 겨울 그렇게 달라진 자연을 보면서 '내 모습 또한 자연이지, 자연에 따라 맞춰 살아야지.' 생각을 한다.

아내와 함께 바라보는 하늘빛이 좋고, 나무와 풀 향이 싱그럽고 좋다. 뒷동산 나지막한 정상에서 마시는 단 커피마저도 천상의 향인 듯 온몸과 마음을 휘감아 행복에 젖어 들게 한다. "햐~!" 감탄사 연발하는 아내의 음성과 눈빛은 '행복' 한 스푼을 더 추가해 준다.

새잎을 보며, 떨어지는 낙엽을 보며, 아내와 함께한 시간들, 이 모든 것을 짧은 글로 표현해 아내에게 들려주면 아내는 늘 귀담아 들어준다. 그런 아내가 있기에 힘이 나고 행복하다. 졸작이지만 출판할 수 있도록 용기를 북돋아 주고 격려해 준 아내에게 감사한 마음을 전한다.

　"고마워, 사랑해, 여보!"

2024. 08.

이병률

차례

2부

아내 말 듣기
참 잘했다!

1부

봄 여름
가을 겨울

어린 꽃망울

잔설과 기 싸움하느라
쉴 틈도 없었건만

어느새
콩알만큼
머루만큼
굳건하게 자라서

벌거숭이 가지 끝
간당간당 매달렸다

바람결에 한들한들
추위 속 어린 꽃망울

어느 틈에 자라
내 눈에 들었다

낙화

꽃잎이
꽃비가 된다

바람 따라
이리저리 갈 곳 잃은

봄비가
엄마 손 되어
다독다독

꽃비가
땅에 앉는다

고이 잠든다

무뎌진 칼바람

겨우내
칼바람도

오는 세월
막지 못했네

미풍에 실려 온
봄기운

연약한 가지 끝에도
살랑대는 강아지 꼬리 끝에도
봄이 돋는다

칼바람 무디어진 끝에
봄이 스미었구나

아내 말 듣기 참 잘했다!

매화

양달 진 곳에서도
얼굴 시려 몸 웅크리는 2월

매화는 벌써 피었다
눈발처럼 흩날린다

서릿발 속 피고 지는
숭고한 고절

선비들의 사랑을
독차지하고도
내 마음마저
뺏어갔구나

봄비 1

봄비
부슬부슬 내리는
아침
산꼭대기 얼룩 눈이
자취를 감추고 있다

앞산 기슭
진달래 연분홍 꽃봉오리
몽실몽실
터뜨릴 준비에 바쁘다

앞 냇가
버들강아지
목화송이처럼
하얗게 피어나고

양지바른 들녘
냉이랑 달래와 쑥이
파릇파릇 돋아나고 있다

아내 말 듣기 참 잘했다!

부슬부슬 비 내리는
아침
창가에 앉아 마시는 차
마주치는 눈빛에도
파릇파릇 봄이 돋아나고 있다

갈잎

같은 또래들은
낙엽 된 지 오래인데

겨우내
가지 끝에 매달려
아직도
할 일 많은 재주꾼처럼

바스락바스락
바람 따라
노래와 춤으로
응답하는 갈잎

새잎 돋아나니
이제야 비로소
파삭거리는 세상으로
낙엽 되어 돌아가네

아내 말 듣기 참 잘했다!

봄이 오는 소리

오디만 하던
목련 꽃망울

봄 햇살에 푹 빠져
어느새 왕방울만 하게 자라
툭툭 터지는 소릴 낸다

여기서 툭
저기서 툭툭

봄은
목련 꽃망울 속에서
빼꼼히 얼굴 내밀고 온다

툭
툭툭
귀가 쫑긋해지는 소리
봄이 오는 소리

봄비 2

봄비는
살금살금 내린다
보슬비로 내린다

어린 피부
다칠세라
아플세라
살금살금 내린다

어린싹
어린 꽃 위에
고운 바람 타고
보슬보슬 내린다

아내 말 듣기 참 잘했다!

야단맞는 바람

응달진 곳의 잔설도
흐물흐물 기세 꺾이고

영산홍 잎새마다
완연한 청록인데

아직도 바람은
모질게 차다

서둘러 오느라
잠에서 덜 깼을까

봄이
와 있는 것도 몰라
야단맞겠다

묘비명

얼룩덜룩
벚나무 가로수길

오가는 발길에 짓밟힌
버찌의 흔적

이 세상에 왔다 갔노라
땅에 새긴

얼룩덜룩
보도 위 버찌
묘
비
명

아내 말 듣기 참 잘했다!

꽃 향

산수유 활짝
목련도 활짝

은은한 꽃 향
살금살금

나비 잠 깨운다

지각한 매화

매화가 흩날린다
개나리, 진달래
벌써 피고 졌는데

이제야 지는 매화
봄의 전령을 빼앗기고
쑥대강이처럼 흩어진다

부끄러운 몸짓으로 흩어진다

아내 말 듣기 참 잘했다!

햇발

꽃 피고
햇잎 돋아
대지는
쓸쓸한 옷을 벗고
방긋방긋 아기의 살웃음으로 피어난다

파란 생명
어린 생명
하늘만 바라보며
살웃음으로 팔랑거리면

빨간 햇발이
파란 하늘빛
젖을 물린다

햇잎에
잠겨 드는 햇발
생명을 잉태하고 있다

산골 마을 아침 풍경

먼동 트는 닭울음
앞산에선 뻐꾸기
뒷산에선 비둘기

멀리서 들려오는
경운기 소리
앞 냇가 물 뿜는
모터 소리
시끌벅적 새벽을 깨운다

앞 논에선 남정네들
뒷밭에선 아낙네들
바쁜 일손

샛별은
아직도 하늘가에 머물며
바쁜 일손마다
다독다독 품는 이른 아침

아내 말 듣기 참 잘했다!

산골 마을 아침은
사람 사는 냄새
가득하다

산책을 하며

오늘따라 더없이 맑은
파란 하늘을 머리에 이고

고개를 드니
멀리는 계양산
가까이는 호봉산이 보인다
맑고 선명하다

마음껏 숨을 쉬며
이것저것에 눈을 맞춘다

아,
콩알만 하던 꽃망울이
벌써 포도알만큼 컸다

눈을 맞추니 비로소
내게 문을 여는
생명

아내 말 듣기 참 잘했다!

봄 햇살에
내 마음에도
꽃망울이 맺혔다

만보 걷기

봄날 꽃샘추위
살갗 속으로 파고들어
겨울날보다
더 으스스하다

집에서 편히 쉬게나
주치의 권고 같기도 한
으스스한 추위

새해 새 각오 만 보 걷기
쉬 저버리기 아쉬워
아기 걸음마 떼듯 걷는다

한참을 걷고 나니
움츠렸던
몸과 마음이
활짝 펴졌다

아내 말 듣기 참 잘했다!

산행

틈만 나면 산행길

비 갠 뒤 산은
더욱 상쾌해

산새들도 조잘조잘
날 반기고
밤꽃 향 짙게
날 마중하면

구슬 같은 땀방울도
맑은 하늘
맑은 산하
맑은 바람에
가쁜 숨
쉬 가신다

몽롱했던 정신도
반짝거린다

파란 바람

파란 숲
파란 그늘
외갈래 산길

멀리 뵈는 하늘 자락
땅과 맞닿아
하늘이 땅을 품은 듯
땅이 하늘을 품은 듯

파란 바람
파란 숲에 맞닿아
파란 속살로
거리낌 없이
산들산들 땀을 식힌다

파란 바람으로
땀 닦아 준다

아내 말 듣기 참 잘했다!

푸르름

푸른 하늘
푸른 바다
푸른 초목
푸르름 속에 파묻혀
푸른 숨을 쉰다

들이쉬고 내쉬고
또 내쉬고 들이쉬길
거듭 거듭해도 좋은
청량한 푸르름

자연은
푸르름으로
나를 깨끗이 씻어 준다

자연 속에서
나도
푸르러진다

분수대 1

찌는 더위
뿜어대는 물줄기
리듬 따라
무지개 피어오르는
분수대

흠뻑 젖은 어린이들
휘질 줄도 모르고
놀다 놀다가
입술이 파래진다

구름 사이로 햇살
살짝살짝
어루만질 때마다
환호성이 물결친다

환호성 따라 리듬 따라
무지개 피어오르는
분수대 주변은
어린이들의 독무대

여름엔 그늘이 좋아

뙤약볕은
송골송골 구슬땀을 맺고

그늘은
살포시 구슬땀을 지운다

모두가
그늘에만 옹기종기

뙤약볕은
발길 끊어진 산사(山寺)처럼
외롭다

뙤약볕
짝사랑

분수대 2

바람 자고
무더운 날

치솟는 분수대 물줄기
보기만 해도
시원하다

어린이들은 옷 입은 채
물줄기 속으로 뛰어들며
왁자그르르

그 틈새에
나 뛰어들어
흠뻑 젖어 드는 상상
땀이 가신다

재밌게 노는
어린이들을 보니
나도 모르게
어린이가 된 듯

아내 말 듣기 참 잘했다!

느티나무 그늘

느티나무 가지마다
바람이 살랑살랑

나뭇잎들 사이로
볕뉘가
왔다 갔다
눈시울을 간지럽혀도

느티나무 밑
너도, 나도
찾아들어
더위 식힌다

느티나무 그늘은
여름철의 쉼터

단비 1

개울가
졸던 버드나무
단비에 활짝
나풀나풀 활짝

잎새마다 목축이고
활기 넘쳐 활짝

새소리도 활짝
개울도 활짝
나도 활짝

단비 2

큰 산골짜기도
촉촉이 내린 비로
목을 적시고

졸졸 찰찰찰
노랫가락
상큼한 물 냄새
물씬 풍기며

산새 노래
벌레 노래
한데 어울려

텅 빈 산골짝을
가득 채운다

단비 3

모처럼
목말랐던 대지가
촉촉하게 젖는다

밑바닥 드러낸 채
하늘만 바라보던
개천이 생기 돋아
힘찬 기운 내뿜는다

첨벙첨벙 신나게
물장난하는 어린이들과
초목들이
파랗게 파랗게
하늘거린다

모처럼
세상이 촉촉하게 젖는다

아내 말 듣기 참 잘했다!

매미

벌써
매미가 운다

여름철 가수답게
왁왁 열창한다

헤아려보니
초복 지난 7월이다

가는 세월
굳이
매미가 잊지 말라 한다

벌써
매미가 운다

땀방울

비 갠 오후,
송골송골 맺힌 땀방울

조각구름 사이로
살며시 비추는 햇빛이
나뭇잎을 감싸 안아준다

나뭇잎도 좋아라
한들한들 춤추며
싱그러움을 뽐낸다

그 싱그러움
마음까지 시원케 해
송골송골 솟던 땀
살며시 꼬리 내린다

아내 말 듣기 참 잘했다!

매미의 소야곡

나뭇잎새
찬바람 일렁일 무렵

숲은 잔칫집인 양
시끌벅적하다
매미의 소야곡
후손을 위한 잔치

추위 오기 전
사랑의 완성을 위한
매미의 애절한 소야곡

나뭇잎새는
이 소야곡을 들으며
가을을 맞이한다

졸졸졸

쨍쨍 쬐는
불볕더위

실개천 물소리
졸졸졸

실낱같이 가늘어도
무더운 여름날엔

보약처럼 귀한 소리
졸졸졸

눈 귀 시원해지는 소리
마음이 시원해지는 소리

무더운 여름날
불볕더위
이겨낼 힘이 되는 소리

졸졸졸

아내 말 듣기 참 잘했다!

열대야

밤은
온 세상 그늘 밭인데

더위는 남아서
땀을 돋운다

바쁜 부채질
더위 속
더운 바람

오늘 밤도
밤잠 설치겠네

여름

잔잔한 호수에
던진 돌멩이
잔물결의 씨가 되듯

바람 자는 날
부채질은 바람의 씨가 된다

어쩌다 살랑살랑
바람 불어오면
바람의 씨 덕분일까

더욱 바삐
부채질을 해댄다

아내 말 듣기 참 잘했다!

단풍잎의 시련

파랗던 나뭇잎
찬 이슬로 멱감고
찬 바람 속에
무서리를 이겨낸
보람

꽃처럼 아름다운
색깔 옷을 입고
뭇시선을 타며
복을 누리는
단풍잎으로 거듭났네

익어가는 감

감이 익어간다
가지 끝에
대롱대롱

낮에는 땡볕
밤에는 서리

감이 익어간다
두 장벽을
들락거리며

낙엽 1

빨강이면 어떻고
노랑이면 어떻고
초록이면 어떻고
갈색이면 어때

크면 어떻고
작으면 어떻고
길면 어떻고
둥글면 어때

벌레 상처 있으면 어떻고
먼 동네서 날아오면 어떻고
오랜 시간 묵은 것이면 어떻고
지금 것이면 어때

바람 닿는 곳
마음 닿는 곳
그 어디든
오순도순

아름다운 가을

단풍 든 나무 밑에서
나무 위를 올려다보면
나뭇잎들이 저마다
아름답게 물들어 간다

파랑 속에 노랑
파랑 속에 빨강
파랑 속에 분홍
서로서로 잘 어울려
가을을 장식한다

화가는 그림으로
시인은 시로
무용가는 춤으로
가을을 담는다

나는
단풍 든 나무 밑에서
마음으로

아내 말 듣기 참 잘했다!

눈으로
가을을 담는다

낙엽 2

풀 깎는 기계음 따라
짙은 풀 향
널리 널리 퍼진다

풀 향에 취한 낙엽
뱅그르르
떨어진다

또랑또랑
맑은 정신으로
감내하기 힘든 이별

풀 향 만취
핑계하여
뱅그르르
떨어지는
마
음

아내 말 듣기 참 잘했다!

벼 이삭

벼 이삭 주머니
가벼우면 찰랑찰랑
무거우면 출렁출렁

한여름 땡볕에서
갈고닦은 보람으로
출렁출렁

주머니마다 가득 채워져
출렁이는 물결

농부들이 읊어대는
콧노래 풍년가
출렁출렁

단풍잎 1

파란 잎이 나이 들어
꽃 그림 그린다

갈고닦은 기량 따라
예쁘게 더 예쁘게
그려지는 화사한
꽃 그림

화선들도 시샘하는
화사한 빛깔인데

잠깐의 촌음이라
아쉬움이 더해지네

아내 말 듣기 참 잘했다!

팔각정자

여름 내내 북적대던
호봉산의 팔각정자

잠깐 쉬어 가려고 들렀는데
지금은 쥐 죽은 듯 조용해

여름날의 그 북적임은
온데간데없고
찬바람만 으스스해

서성거리다가
그냥 오려 했더니

비둘기 떼 날아들어
자리바꿈하잔다

가을

더위를 거둬들이고
찬바람을 몰고 오는
가을

가을은
잎새마다
헤집고 훑으며

아침저녁 하얀 이슬로
가을옷을 입힌다

비로소
화려한 단풍으로
가을옷 입은 잎새

열매도
탐스러운 가을이 된다

아내 말 듣기 참 잘했다!

노을

어딜 가나
울긋불긋

어딜 보나
알록달록

무지갯빛 아롱진
울긋불긋 무늬
알록달록 무늬

저녁노을 오색 서기(瑞氣)
하늘땅이 하나 되는
가을 저녁 지평선
피어나는 빛깔 향연

보람

한 잎
한 잎

꽃이 진다
꽃이 진 자리
이별의 꽃 자취

참고 견디며
짓무른 마음 딛고

마침내
붉디붉은 열매로
이별을 이겨낸다

아내 말 듣기 참 잘했다!

후회

도토리가
툭
탁

모자 위로 툭
땅으로 탁

도토리 한 알
데구르르 구른다

길가로 굴러간 도토리
밟히지 말라며
숲으로 던졌다

땅 파고
잘 묻어 줄걸……

번창의 비결

가을철의 가로수
은행나무 밑

으깨진 은행 냄새로
오가는 행인들
발걸음이 멈칫거린다

짐승들조차도 기피하는
지독한 냄새

태고부터 지금까지
자자손손 이어 내린
번창의 비결 아닐까?

아내 말 듣기 참 잘했다!

가을 풍경

산마루에 올라
아득히 멀리 보이는
황금 들판을 내려다본다

푸른 듯
누른 듯
익어가는 벼 이삭
스작스작 비벼대는 소리
바람결에 묻어와
얼굴에 닿는다

단풍잎 새새틈틈 숨어서
익어가던 산 열매
시샘하듯 보일락 말락

단풍잎에 아른아른
보이는 것마다
엄마 미소
아빠 미소
짓게 한다

빠알간 열매

피라칸타 파아란
잎들 사이사이

옹기종기
서로서로 얼싸안은
빠알간 열매

숨바꼭질하듯
빼꼼히 얼굴 내밀며
햇빛이랑 속삭인다

새들도 그 언저리
주변을 맴돌며
꽁지방아를 찧고 있다

아내 말 듣기 참 잘했다!

단풍잎 2

가을 햇살
흠뻑

가을바람
흠뻑

파랗던 잎새마다
울긋불긋 고운 빛깔
잎새마다 몸치장

찬 이슬에 씻기고 씻겨
매만지고 다듬어서

고운 빛
단풍잎을 만든다

마늘 싹

볏짚 뚫고 태어난 마늘 싹
눈 덮인 땅에서
꽁꽁 언 땅에서
겨울을 난다

혹독한 바람
손끝 발끝 얼얼한 영하의 추위
긴 시간의 명상을 마치고
언 땅 위로 빼꼼 얼굴 내밀어
하늘바라기 한다

명상 효과일까
햇빛 받고
제법 파릇파릇하다

긴 시간 명상으로 이뤄낸
득도자의 모습
알알한 매운 맛
알알한 매운 향

아내 말 듣기 참 잘했다!

겨울 햇살

겨울 햇살
창 틈새로
쏘옥 들어와

내 언 얼굴을
녹인다

내 얼굴
그을러 놓고
또 쏘옥 빠져 나간다

창 틈새로
넘나드는 겨울 햇살

말마투리

초겨울
낙엽 소리
바스락
밟히는 소리

길바닥에 널브러져
행인들의 발길에
진토 되는 소리
바스락

이 세상 왔다 가는
마지막 말마투리
바스락

흙으로 되돌아가는
낙엽 소리
즐거운 비명
바스락

*말마투리: 해야 할 말을 다 하지 않고 여운을 남기는 것

아내 말 듣기 참 잘했다!

쏜살같은 겨울

헐벗고 배고팠던
어렸을 적 겨울은
거북이처럼 느렸는데

지금의 겨울은
쏜살같이 빠르다

잘 먹고 배불러
행복하니
쏜살이 되나 보다

세월 타는 정자나무

마을 입구 나들목
우뚝 선 정자나무
한 그루

오래전부터
마을의 안녕을 위해
동제도 지내고
도당굿도 벌여
수호신으로 섬기며
살붙이처럼 사랑한
정자나무

여름철엔 풍성한
그늘 드리워
농부의
편안한 휴식처 되다가도

쌀쌀한 바람 따라
철새처럼 떠나버린 발길

긴 겨울 적막강산에
나목으로 눈만 쌓이네

마을 입구 나들목
우뚝 선 정자나무
한 그루

나무의 시련

겨울 산은
쥐 죽은 듯
고요하다

하늘을 이고 있는
나무는
길한 태몽을 꾸려는 듯
깊은 잠에 빠져
발가숭이 알몸으로
혹한을 이겨낸다

잉태할 자손을 위해
지독한 시련을 겪는다

봄은
거기에 이미 와 있다

설날

색다른 음식도 먹고
때때옷 입고
함께 세배도 다녔지

끼리끼리 모여서
팽이도 치고
연도 날리고
썰매도 타면서
시끌벅적 노닐다가

해가 기울면
"해야, 해야! 놀다 가렴
우리랑 함께 놀다 가렴!"
해를 향해
주술 외듯 하던 어린 시절

백발이 성성한
지금
그 시절 설날 풍경
어제인 듯

눈의 운명

눈이 내린다
하늘 기운 타고 태어난 눈

지상으로 내려오며
바람 따라
다른 운명이
된다

물 위에 내리는 눈
금세 물이 되고

길 위에 내리는 눈
아이들 놀이터가 되고

산 위에 내리는 눈
숲속 생명수 되고

하늘 기운 타고
눈이 내린다
눈이 태어난다

아내 말 듣기 참 잘했다!

첫 추위

비 갠 뒤
냉큼
찾아든 첫 추위

얇은 소맷자락 사이로
끼어든다

옷깃을
여미고 또 여며도
자꾸자꾸 끼어든다

내가 좋아
품어 달라는 걸

어미 닭처럼 품고
얼른 집으로 왔다

비 갠 뒤
냉큼
찾아든 첫 추위

까치밥

감나무골 까치
토실토실 살진 까치

눈이 펑펑 쏟아지는
겨울날도 걱정 없다

감나무마다
겨울나기 창고

다홍빛 인심 먹고
토실토실

아내 말 듣기 참 잘했다!

2부

아내 말 듣기
참 잘했다!

그네를 타며

부영공원 그늘진
나무 밑 그네

아내랑 함께
그넷줄을 꽉 잡고
뒤로 젖히며
두 발을 앞으로
쭈욱 펼친다
맞바람에 땀이 식는다

아내는
"아이, 시원해!"
"아이, 시원해!"
"아이, 시원해!"

그 말이 듣기 좋아
바지런히
몸과 발을 움직인다

아내 말 듣기 참 잘했다!

아내랑 함께
행복을 탄다

완두콩 있어?

저녁을 먹은 후
아내가
"완두콩 있어?"
묻는다

나는
"응, 있어."
대답했더니

옆에서 듣고 있던 딸이
"누가 주부야?"
되묻기에

식구가 한바탕 웃었다

아내 말 듣기 참 잘했다!

아내 말 듣기 참 잘했다!

"여보, 우산 챙겨요."
아내 말에
우산 챙겨 나왔더니
맨손인 사람들이 더 많았다

맑은 하늘에
혼자 우산 듦 같아
괜히 위축됐는데

살짝 쏟아지는 소낙비에
움츠렸던 기가
우산 펼치듯 활짝 펴졌다

아내 말 듣기
참!
잘했다

나 홀로 점심

아내가 외출하는 날은
혼자 점심 먹는다

남편 점심 걱정되어
미리 챙겨놓는 밥, 반찬
혼자 먹어도 맛있다

노심초사하는
아내의 따뜻한 정이
산해진미가 된 듯
이것저것 다 맛있다

혼자 먹는 점심
온기 사라졌어도
수륙진찬의 맛이다

아내 말 듣기 참 잘했다!

동요

가족이 함께
산책 나와
모처럼 불러보는 동요
완창되는 건
별로 없어도

어릴 적 향수에 젖고
말맛이 새로워
자꾸자꾸 불러본다

키 큰 소나무들이 굽어보며
내려주는 솔바람

솔바람 소리가
화음처럼 어우러져
자꾸자꾸 부른다
깔깔대며 부른다

엄마 생각

어릴 적
봄이 오면
얼었던 땅이 녹아
질퍽해졌지

어려서는
조심성이 없어
함부로 쏘다니다
바짓가랑이가
쉬 더럽혀졌지

갈아입을 옷도
변변찮은 데다가
비누도 없던 시절
빨래하기가
매우 힘들었을 엄마
걱정 한마디 안 하시고
다 받아주신
우리 엄마

아내 말 듣기 참 잘했다!

봄이 오는 소리에
간절해진
엄마 생각

내 손은 덩굴손

사랑의 손
덩굴손

한 번 잡고
잡으면
절대 놓지 않는
덩굴손

오랜 세월 한결같은
처음 마음 한마음으로
꼬부랑이 되었어도
꽉 잡은 손
어이 놓으랴

사랑하는 아내
덩굴손이
꽉 잡네
꼬부랑이 되었어도
꽉 잡네

내 손은 덩굴손

아내 말 듣기 참 잘했다!

뒤뜨락

조그마한 뜨락
집안 뒤뜨락에
소꿉장난하듯
이것저것 씨 뿌려

아침저녁 짬짬이
들락날락 보살펴

끼니마다
채소 반찬
이 맛 저 맛 자아내는
울 엄마 정성

찬밥도 꿀떡꿀떡
보리밥도 꿀떡꿀떡

가난을 이겨낸
지혜의 샘 같던
우리 집 뒤뜨락

역할 교대

퇴직을 하고
자청한 일
주부

수십 년 한결같이
아내가 해 온 일
주부

이제는
역할 교대
내가 하는 게
도리

막상
주부 되어 보니
아, 일요일도 없구나!

아내 말 듣기 참 잘했다!

보릿고개

꽃이 피고 지는
이맘때쯤
꼭 찾아드는 보릿고개

보이지 않아도
꼭 넘어야 했던
멀고도 힘든 고개

꽃을 보아도 기쁘지 않고
새소리 벌레 소리조차
구슬프게 들렸던
그 옛날 이맘때

지금은
넘지 않아도 되는
고개
보릿고개

잠 못 드는 밤

잠은 내 안에서 산다
그런데도 내 말 안 듣는다

언제 들고 나는지
도무지 알 수가 없다
놓아먹인 망아지처럼
제멋대로

차라리
너는 너고 나는 나다
본체만체

편안한 마음가짐에
잠이 들더라

아내 말 듣기 참 잘했다!

내 얼굴

어려서는
삼신할미께서
점지해 주신
얼굴로 살고

나이 들면서는
내가 만든
얼굴로 산다

몽글몽글한
예쁜 얼굴

거칠거칠한
미운 얼굴
모두 내가 만든다

국화 베개

국화 향 솔솔

향에 취해
잠이 솔솔

국화 향은 자장가
엄마 자장가

아내 말 듣기 참 잘했다!

혀

좋은 혀는
길복을 짓고

나쁜 혀는
흉화를 짓는다

좋은 혀는
너도 좋고
나도 좋고
우리가 좋고

오싹

해 질 녘
긴 그림자 밟고
고갯마루에 올라서서

점점 짙어가는
저녁노을 껴안고

그 속으로 빠져드는
호젓한 오솔길

낙엽 구르는
바스락 소리
귀가 쫑~긋

등 뒤
자박자박
발자국 소리

그 소리에 놀라

아내 말 듣기 참 잘했다!

뒤를 돌아보면
아무도 없을 때

소름이
오싹

내 발자국
메아리인 줄도 모르고

저승사자

불볕더위인데
바람은 낮잠 자나
꼼짝도 않고

매미만 제 세상인 듯
소리 높이 울어댄다

한 발짝만 걸어도
기세 당당한 땀방울

에어컨 바람에
뒤도 돌아보지 않고
쏜살같이 달아나네

아내 말 듣기 참 잘했다!

구두를 닦으며

구두와 발이
짝이 되어

처음 만난 날
새색시 고운 얼굴
어디다 두고

지금은 늙은이의
검버섯 얼굴
잡티만 무성한가

검정분을 칠하며
닦고 닦아서

새색시 고운 얼굴
되찾아 주려네

미화원

세미원에 들렀다

미화원 아주머니들이
삼복더위도
아랑곳없이

쓸고 닦고
씻어내고
땀방울이 뚝뚝

세미원의 이름을
빛내고 있다

*세미원(洗美苑): 경기도 양평군에 있는 물과 꽃의 정원

아내 말 듣기 참 잘했다!

드라마를 보며

드라마 속 두 인물
하나는 선
하나는 악

사개 맞춤처럼 맞물려
순간순간마다
악의 잔머리 잔꾀에
짓밟히는 오순도순한 삶
묻히는 선의 진심

거짓의 옷을 입고
쏟아내는 말마다
꼼수와 술수뿐
가면이 벗겨져도 당당하다

그러나
결국
선의 진심
그 아름다움이
한 줄기 빛으로 환해진다

웅덩이

물도 흘러가고
세월도 흘러간다

물은 쉬어 갈
웅덩이가 있지만

세월은 쉬어 갈
웅덩이가 없어서

내 안에
쉬어 갈 웅덩이를
만들어 놨는데

그냥
가버리는 세월

행복 색안경

빨간
색안경은 온 세상을
빨갛게 만들고

파란
색안경은 온 세상을
파랗게 만들 듯

기쁜
색안경은 온 세상을
기쁘게 만들고

슬픈
색안경은 온 세상을
슬프게 만든다

행복도
불행도
다 그렇단다, 얘야!

식물원에서

식물원에 들렀다

수많은 식물 이름
우리 이름보다
바다 건너온 이름이
훨씬 많다

긴 이름이기도 하거니와
읽기조차 까다로워

입에 담아 보지 못한 채
그냥 되돌아 나오니

발걸음만 무거웠다

아내 말 듣기 참 잘했다!

핸드폰 1

핸드폰으로
영어 단어를 찾으니
사전 뒤적이는 것보다
훨씬 편리하다

이 작은 물건 속에
많은 정보가 들어 있어
매력 잃은 종이 활자

핸드폰 2

지하철 안에도
카페 안에도
온통

남녀노소 안 가리고
대화는 가난 들고
소통은 두절되고

지하철 안이나
카페 안이나
어디든

아내 말 듣기 참 잘했다!

회초리

옛날 어린이들이
무서워한 회초리

집집마다
회초리 한두 개

회초리 나무가
자랄 틈도 없었는데

지금은
무성해졌다

옛날 어린이들이
지금 어린이들보다
바르지 못했을까?

백발

백발이
세월 따라가기에

양팔 벌리고
가랑이도 벌려
가로막았는데

어느새
쏘옥 빠져나간
백발

세월과
속닥속닥하더니

내 머리 위에
백발 농사를 짓네요

꿀잠 쓴잠

꿀잠은 달콤해
짧고

쓴잠은 씁쓸해
길고

용돈

날씨 춥다고
자꾸자꾸
웅숭크려지는데

용돈 받아
빈 주머니 채우니
어깨가 쫙 펴진다

추위도 용돈 맛을 알고
날 놔 준다

아내 말 듣기 참 잘했다!

뻐꾸기

뻐꾹새 소리 맑아
속내 검은 줄
어찌 알겠나

나도 속고
너도 속고
아무리 속은들
산솔새만 하랴

길러 준 공 없이
훌쩍 떠나 버린
뻐꾸기

야멸차게
떠나 버린
뻐꾸기

뻐꾹새 소리 맑아
속내 검은 줄
어찌 알겠나

까치집

낭창낭창 백척간두
나뭇가지
동그마니 방울처럼
쓸쓸하게 매달려

여린 미풍에도
흔들거리면

사통팔달 허공에서
강풍엔 어찌 견딜까
걱정이 된다마는

까치 한 쌍 들랑날랑
깍깍깍
걱정 말라 하네

아내 말 듣기 참 잘했다!

먹이의 요술

겨울 햇살 풍요로운
공원의 벤치
아늑한 양달

비둘기 떼 먼저 와
몸을 녹이고
발밑까지 다가와
알짱거린다

지난번 먹이 준 인연
기웃거리며 들락날락

사람과 새 사이
멀고 먼 사이
먹이의 요술 따라
이웃사촌

다람쥐와 나

참나무 가지 타고
쪼르르 올라간 다람쥐
소나무 가지로 옮겨 타고
쪼르르 내려온다

시원한 그늘에 앉아 있는
내 앞에
냠냠 먹으며
나랑 눈 맞춤한다

아무것도 줄 게 없어서
그냥 보냈다

개미

땡볕 따가운 여름날
일에 푹 빠졌다

두렛날 농부처럼
한눈팔 겨를 없이
제 몸뚱이보다
더 큰 먹잇감을 물고
떼 지어 나른다

안전모도 쓰지 않고
안전화도 신지 않고
알몸으로 떼 지어 나른다

검은 피부 알몸으로
땡볕 따가운 여름날
일에 푹 빠졌다

유치원생 1

유치원 어린이들이
야외학습 하는
느티나무 그늘 밑

앞으로 하나하나
이뤄나갈
큰 꿈을 꾸며
시끌벅적하다

느티나무처럼
높이 높이 자라고 싶은 꿈
아름드리 느티나무를
품으로 헤아려 본다

아내 말 듣기 참 잘했다!

유치원생 2

어린이들이 공원 풀밭에
옹기종기 모여 앉아

눈은 말똥말똥
귀는 쫑긋쫑긋
티 없이 맑은 마음

그 속에
큰 그림을
그리고 있다

앞으로
하나하나 채워 나갈
큰 그림을
재잘거리며
그리고 있다

눈으로 소통하기

마스크를 쓴다

눈만 빼꼼히 내놓고
멀뚱멀뚱

말하기도 어려워
알아듣는 것도 어려워

말수를 줄이고
눈으로 대화한다

눈과 눈을 마주하고
그의 맘을 읽어내어
서로서로 소통한다
밀약하는 사람처럼

아내 말 듣기 참 잘했다!

아차! 실수

친구들 여럿이
몰려간
국화전시장

전시장답지 않게
너무 썰렁하고
너무 한산해

폐장에 바쁜 일손
관객은 우리뿐

아차! 실수
늦게 찾아왔다는
허탈감

어깨는 축 처지고
발걸음은 무겁고

조심조심

고개 숙여
땅만 보고 걷다가

마주 오는
전동휠체어를
보지 못했다

몇 발짝 직전에서
깜짝 발견하고
겨우 비켜섰다

그는
눈 마주침 없이
걸어오는 나를 보고
얼마나 불안했을까

종일토록 미안함이
가시질 않네

아내 말 듣기 참 잘했다!

사람과 사람 사이

앞산 뒷산 둘레길을
짬짬이 산책할 때

포근하면 쉬어 가고
싸늘하면 그냥 간다

사람과 사람 사이도
그와 같아서

포근한 사람은
사람을 쉬어 가게 하고

싸늘한 사람은
사람을 그냥 가게 한다

단련

볕살 길 그늘 길
양 갈래 길로

왔다 갔다
갔다 왔다

땀났다 식었다
식었다 땀났다

무쇠 덩이
달궜다 식혔다
식혔다 달궜다
강철이 되듯

단단해지고 싶어
단련을 반복하네

*볕살: 햇볕의 따뜻한 기운

아내 말 듣기 참 잘했다!

산책길에서

하늘을 오가는
큰 재주를 지니고도

사람 따라
산책 나온 비둘기 떼

사람들이 분주히 오가는
산책길을 가로막고

하늘을 잊은 채
먹이만 쪼아대고 있다

행여 내 발길이
그들 식사에
방해될까
조심조심
비켜 걷는다

배려

왕래 잦은
좁은 산길에서도

한쪽으로 비켜서 가면
느릿느릿 걸어도
잰걸음으로 따라오는
뒷사람들의 행로에
방해가 되지 않으니

뒤에 눈 없어도
편안한 산행을 하네

아내 말 듣기 참 잘했다!

햇빛이 좋아

햇빛을 받고 싶어
볕살 길을
찾아 걷는다

햇빛에
쉬 그을리는 살결
그을리도록 걷는다

햇빛은
자연 수면제라던데

오늘 밤은
뒤척이지 않고
푹
잘 자겠네

순간의 행복 1

삼복더위와
땀방울은 한통속

집에 들어와
씻고 나니

한결 몸도 가벼워지고
기분도 상쾌하다

안락의자에
온몸을 의지하고
살며시 눈을 감으니
편안함이 쏟아진다

행복이 별건가

아내 말 듣기 참 잘했다!

우정

월미산 둘레길에서
친구랑 마주 앉아
커피 잔 들고

함께 나눈 얘기
무훈담처럼
짜릿한 맛은 없었지만

모락모락 피어오른
커피 잔 속의 우정을
어찌 무훈담에 비기랴

문학산 오름길 예찬

문학산 오름길은
부드러운 흙길
불볕 가린 길

오르고 또 올라가도
숲속 길
그늘 길

쉬지 않고 올라가도
지치지 않는
흙길 그늘 길

아내 말 듣기 참 잘했다!

순간의 행복 2

몹시 더운 날
그늘 길만 찾아
걸음마 연습하듯
왔다 갔다

짧아진 내 그림자 밟고
터덜터덜 집으로 온다

현관문을 여니
된장찌개 냄새 구수해
더위를 잊는다

꽃

너를 보면
사랑하는 임처럼
반가워 활짝
마음 펴지고

너를 보면
사랑하는 임처럼
오래도록 함께해도
웃음 가득하고

너를 보면
사랑하는 임처럼
기쁨으로 가득
생기 넘친다

아내 말 듣기 참 잘했다!

행복은 길손

뭉게구름 몽실몽실
바람 따라 노 젓는 하늘

송골송골 솟던
땀방울
흘러가는 구름 따라
가려지는 햇살 따라
멈칫멈칫

내 마음
구름도 알아
순간 맛보는 행복

행복은 순간순간마다
머물다 가는
길손인가 봐

햇살

겨울 햇살은
껴안고

여름 햇살은
등져도

토라지지 않는 햇살

변함없이
안아주고
보듬어 주는 햇살

사랑이 넘치는 햇살

아내 말 듣기 참 잘했다!

군자와 소인

솔밭엔 솔가리
갈밭엔 가랑잎

바람에
차분차분 솔가리
까불까불 가랑잎

차분하면 군자 같고
까불대면 소인 같다

물소리

산골짝 바위틈
뽀글뽀글 솟은 물

한줄기로 모이고 모여
소리를 낸다
졸졸졸

어두운 땅속을
떠돌다 헤매다가

밝은 세상에 나와
환희의 새 희망 품고
졸졸졸

봄과 여름

봄은
엄마처럼
생명을 낳고

여름은
아빠처럼
생명을 기른다

쇠붙이 달구어
강철을 만들 듯

여름철 뜨거운 햇볕
혹독한 시련으로

더 튼튼해라
더 굳세어라

봄과 여름은
엄마와 아빠
생명을 낳고 기른다

민들레의 방랑

민들레가
흰 날개옷 입고

바람 따라
방랑길을 떠난다

바람 자는 곳이
방랑의 끝

기름진 땅이든
메마른 땅이든
어디라도
새 생명의 뿌리를 튼다

아내 말 듣기 참 잘했다!

쑥

초근목피로 연명하던
지난날엔
쑥이 몹시 귀했다

자라는 족족
캐어 가므로
자랄 새가 없었다

그랬어도
사라지지 않고

우리 곁을 지켜준 쑥
쑥은
우리 생명이었다

이슬

여린 풀잎에
방울방울 매달려
하늘빛 머금다

가냘픈 바람결에
뚝뚝 떨어져
산산이 부서지다

저녁에 잉태하여
아침에 지는
짧은 삶도
아랑곳하지 않고

하늘빛을
꼭 안고 진다

아내 말 듣기 참 잘했다!

해동갑

발길 드문 산골짜기 실개천
물줄기가 졸졸 흐른다

격랑의 파도 소리 흉내도 내고
폭포수 물줄기 흉내도 낸다

발걸음 멈추고 귀 기울이다
바위틈에 편히 앉아 물소리 동무 삼다
뉘엿뉘엿 지는 해 서산에 걸쳐
산그림자 드리울 때 해동갑한다

꽃을 보는 순간

바쁜 날
힘든 날에도
꽃을 보는 순간만은
홀가분

마음 상처로
우울한 날에도
꽃을 보는 순간만은
싱글벙글

내게
단 하나의 꽃
당신을 보는 모든 순간은
웃음꽃

아내 말 듣기 참 잘했다!

나뭇잎

나뭇잎이
팔랑팔랑

낮에도
팔랑팔랑

밤에도
팔랑팔랑

자면서도
팔랑팔랑

쉴 새 없이
팔랑팔랑

팔랑개비 못잖다

폭군과 성군

겨울날은
매서운 바람

봄날은
따뜻한 바람

매서운 바람 앞에선
움츠려야 살고

따뜻한 바람 앞에선
활짝 피어 산다

아내 말 듣기 참 잘했다!

냉정

앞으로만 간다
뒤로 옆으로
갈 줄 모른다

붙들며
쉬어 가라 해도
아랑곳하지 않는다

앞으로만 가는
세월

명상

호흡을
가다듬고
합장하며
눈을 감는다

잡령이
고요를 헐뜯고
정숙을 헤살 놓아

마음 같지 않은
명상

말로만 명상

아내 말 듣기 참 잘했다!

세월의 흔적

세월은
사람의 얼굴에
흔적을 남긴다

어떤 사람에게는
고운 흔적을

어떤 사람에게는
거친 흔적을 남기는가

세월도
사람들의 마음을 알고

고운 마음씨를 지닌 얼굴엔
고운 흔적을

거친 마음씨를 지닌 얼굴엔
거친 흔적을
남기나 보다

고수레

고수레! 고수레!

들이나 산에서
첫 숟가락을 떠서
고수레!

음식이 넉넉지 않아도
고수레!

들짐승들의 먹이 되어
너도 살고
나도 살고
함께 살자는
고수레!

하나의 신앙처럼
수천 년 이어 온
고수레!

아내 말 듣기 참 잘했다!

되돌아보기

얄팍해진 달력 앞에서
되돌아보는 한 해

달에 새긴 약속
해에 새긴 맹세
어디로 가고
엄습하는 허탈감
사정없이 날 할퀸다

그래도
이만한 게 다행이야
스스로 위로하는
자신의 관대한 용서

내년에는 이루리라 다짐하며
새 달력을 꺼낸다

인생길

인생길이란
첫 출발점에서
종점을 향해
줄기차게 달려가는 것

어떤 이는 직진 길로
어떤 이는 에돎 길로

산천 구경 실컷 하면서
콧노래도 부르고
술 한잔도 기울이며
커피 한잔에
담소도 나누고
꽃구경도 즐기며

천
천
히
에돌러 가세

아내 말 듣기 참 잘했다!

선(仙)과 속(俗)

사람이 산에 살면 신선[仙]이 되고
사람이 골짜기에 살면 속인[俗]이 된다더라

산에서 신선처럼
오래 산다 해도

골짜기일망정
사람들과
어우렁더우렁
어울려 사는 삶이 훨씬 좋다네

선한 기운

선한 기운은
아무 데나 살지 않는다

좋은 생각을 하고
따뜻한 말을 하며
바른 행동을 하는

그런 사람
그런 가슴만을
찾아 산다

열정

많은 점들이 모여
하나의 선을 이루듯

순간순간이 모여
우리 삶을 이룬다

지금의 매순간마다
열정을 쏟아라

지나간 과거는
아름다운 삶이 되고

다가오는 미래는
풍요로운 열매를 맺는
너의 삶이 된다

바다

바다는 강(江)의 왕
강이 바치는 세(稅)로
바다가 산다

청청(淸淸) 오탁(汚濁) 안 가리고
다 받아주는 바다

청청으로 청청을 낳을 땐
잔잔한 파도 일어
평화스럽고

오탁으로 청청을 낳을 땐
큰 파도 격랑 일어
요동친다

큰 파도 격랑 일며
바다가 아프면
나도 아프고
너도 탈 난다

아내 말 듣기 참 잘했다!

바닷가 모래알 1

바닷가 모래알
연인 손 닮아
발가벗은 발바닥을 간지럽힌다
밟으면 밟을수록 간지럽힌다

바닷가 모래알
이불 삼아 덮고 누우면
비키니 살결마다 새콤달콤해
긴 하루 뙤약볕에 노출되어도
모래알 감촉 속에 사로잡힌다

바닷가 모래알 2

금형 뜨듯 발자국이 흠집을 낸다
거인의 손 같은 파도
발자국을 덮는다
하나도 남김없이 지워버린다

시시때때 없애 버린다
발자국 새겨진 모래알
파도의 손길로
환원되어 깨끗해진다

파도가 지워주고 씻어주는
바닷가 모래알

아내 말 듣기 참 잘했다!

우산 들고

장마철인데
볕 쨍쨍!
매우 가물다

기상청 예보 따라
우산 들고 나왔는데

헛구름만 오락가락
비 그림자 멀기만 한 듯

펴보지 못하고
손때만 묻혀 놓았네

그대로
우산 집에 꽂으니
우산도 울먹울먹

장대비에 우산을 받으며

폭풍 장대비가 몰아친다
우산이 흔들흔들

이리 비틀
저리 비틀
우산 받은 이마다
비틀비틀
술 취한 사람 같다

바짓가랑이가 다 젖는다
우산 받으나 마나

폭풍 장대비에
우산을
꽉 쥐고 걷는다

우산과 한 몸으로 걷는다

아내 말 듣기 참 잘했다!

그리움

초목 이파리도
엿가락 늘어지듯
축축 너부러지는
뜨거운 하루

가지마다 동글한 호박 연 채
늘어져 가는 호박잎
제 몸 추스름도
희미해지는 기억처럼
가물가물
짐짝 부리듯 널브러져 있다

해 기웃기웃 저물어가는 오후
하늘 바라봐도
구름 한 점 오간 곳 없다

비

비 오는 날 우산 속은
별난 콘서트장

우산을 악기 삼아
타고난 재능으로
재주 부리는 비

안개비는 조용한 리듬
…… 또르륵

가랑비는 가벼운 리듬
호드득~호드득

장대비 작달비는 둔탁한 리듬
두닥투닥 두닥투닥

비 오는 날 우산 속은
별난 콘서트장

아내 말 듣기 참 잘했다!

소나기

만삭의 산모처럼
몸부림치는 먹구름

천둥 번개
번쩍 우르르 쾅
한 번의 큰 소리에
산파가 되었을까

쏟아지는 소나기
후두둑-후두둑

밀짚모자 쓴 농부
기다리던 비라며
피할 줄 모르는데

산기슭에 매어놓은
송아지는 안절부절못하네

종일비

보슬비는 왔다
부슬비는 갔다
숨바꼭질하는가
술래잡기하는가

하루 종일
오락가락
하늘은
우중충 으스스

아내 말 듣기 참 잘했다!

약이 된 비

오랜만에 내린 비
약이 되는 비

죽어가던 초목이
불사약을 먹은 듯
후닥닥 되살아나

온 들판
온 산이
초록 빛깔로
싱글벙글 너울너울

숲속은 공연장

청록
우거진 숲

뻐꾹새 울고
까치도 울고
매미도 운다
딱따구리 나무 쪼아
장단 맞추고
여치는 거문고 타듯
흥을 돋운다

바람이 살짝살짝
나뭇잎이 팔락팔락
박수를 친다

청록 우거진 숲
리듬 따라
발걸음 따라
관객으로 스며든다

아내 말 듣기 참 잘했다!

산이 좋아

오솔길 언덕을
오르락내리락

가쁜 숨
한껏 몰아쉬어도
더 큰 품으로 받아주는 산

청설모 곡예사 줄 타듯
쪼르르 올라갔다가
쪼르르 내려오는 산

새들이 울고
벌레 소리 쉴 새 없는 산

산은 생명체들의 터전
너랑 나랑 함께 사는 산

산이 좋아
산에 사노라네

친구와

비는 오는데
월미산 둘레길로
산책을 한다

산책 초입에서부터
친구와
우산을 받고 걸었다

산책 끝날 무렵엔
비 개어
우산을 접었다

혼자였으면
포기했을 산책
함께할
친구가 있었기에

비는 오는데
즐거운 마음으로

아내 말 듣기 참 잘했다!

월미산 둘레길을
다 걸었다
친구와

화창한 날씨에

야산 정상
나뭇등걸 위에
걸터앉아 있으려니

바람결에 한들거리는
가랑잎 소리
사정없이 쪼아대는
배고픈 딱따구리 소리
귀에 안긴다

가랑잎 소리
딱따구리 소리
귀에 안고

시 한 수 읊었더니
얼떨결에 유일무이한
콘서트가 되었네

숲속 세상

잘나고 못나고
강하고 약하고
구별하지 않고
함께 어울려 잘 산다

키 작아도 주눅 들지 않고
키 크다고 위세 떨지 않으며

땅바닥을 기어 다니면서
긴 넝쿨로
휘감고 또 휘감기며
등에 업고 살아도, 업히고 살아도
어우러지는 숲속

넓은 잎이랑
좁은 잎이랑
새랑 곤충이랑
얽히고설켜 산다

응원군

계양산 가파른 숱한 계단
천천히 밟으며 오른다
가쁜 숨이 벅차오른다

가쁜 숨결, 헐떡헐떡 숨소리
가파른 길 따라 박자 맞춘다

이따금씩 들려오는 뻐꾸기 소리
한결같이 짤막짤막 경쾌하다
발맞추기 쉽고 숨 고르기 쉬워져
응원군이 된다

벌레 소리, 뻐꾸기 소리
박자 맞춤에
피곤도 잊고
더위도 잊고
포기도 잊고
올라서는 정상

아내 말 듣기 참 잘했다!

넓은 하늘이
먼저
반겨 맞는다

어느 오후의 일상

나무 익는 냄새
물씬물씬 풍겨 오르고
흐드러지게 핀 꽃
눈길을 끈다

늘어진 가지 끝
매달린 벌레 한 마리
짓궂은 바람이
흔들어대도

꿈쩍 않고
쉼 없이
기어오른다

나무 익는 냄새
물씬물씬 풍겨 오르는
시선 따라
오후의 빛이 늘어지고 있다

아내 말 듣기 참 잘했다!

아내
말 듣기

참
잘했다!

초판 1쇄 발행 2024. 9. 6.

지은이 이병률
펴낸이 김병호
펴낸곳 주식회사 바른북스

편집진행 박하연
디자인 양헌경

등록 2019년 4월 3일 제2019-000040호
주소 서울시 성동구 연무장5길 9-16, 301호 (성수동2가, 블루스톤타워)
대표전화 070-7857-9719 | **경영지원** 02-3409-9719 | **팩스** 070-7610-9820

•바른북스는 여러분의 다양한 아이디어와 원고 투고를 설레는 마음으로 기다리고 있습니다.

이메일 barunbooks21@naver.com | **원고투고** barunbooks21@naver.com
홈페이지 www.barunbooks.com | **공식 블로그** blog.naver.com/barunbooks7
공식 포스트 post.naver.com/barunbooks7 | **페이스북** facebook.com/barunbooks7

ⓒ 이병률, 2024
ISBN 979-11-7263-129-1 03810